KB260277

갠지스강
—신과 인간—

갠지스강
—신과 인간—

갠지스강
하덕조 시집

초판 인쇄 | 2010년 10월 20일
초판 발행 | 2010년 10월 25일

지은이 | 하덕조
펴낸이 | 신현운
펴낸곳 | 연인M&B
디자인 | 이희정
기 획 | 여인화
등 록 | 2000년 3월 7일 제2-3037호
주 소 | 143-874 서울특별시 광진구 자양동 680-25호(2층)
전 화 | (02)455-3987 팩스 | (02)3437-5975
홈주소 | www.yeoninmb.co.kr
이메일 | yeonin7@hanmail.net

값 8,000원

ISBN 978-89-6253-072-8 03810

갠지스강
—신과 인간—

하덕조 시집

연인M&B

|시인의 말|

인도는 여행의 마지막 종착지이다
아니다 첫 출발지이다

찬란한 고대 유물에 감탄했다
유적의 아름다움에 눈물이 났다
인간의 위대함에 숙연했다

바라나시는 과거의 도시이다
미래의 도시이다 신의 도시이다
갠지스강은 삶의 어머니이다
죽음의 어머니이다

신의 넋이 곳곳에 잠들어 있다

2010년 9월
하덕조

| 차례 |

제1부 갠지스강

제4부 무아

제1부 갠지스강

빈 디*
―인도 1

낙관을 찍듯 정성스레
이마에 점을 찍는다

먹을 가는 마음으로
하루를 기도로 시작하고

화선지에 먹물 배듯
신에게 다가가

일상을 갈필로 끝내면
지혜의 눈 낙관이 더 붉다

*빈디 : 이마에 찍는 붉은 물감점.

바라나시
—인도 2

13

아득한 옛날에 내가 와 있다
동물과 사람과 신이 함께 살고 있다
꼬부랑 마을길 소똥내가 친근하다
살아 있는 모든 것
길 가다 마주쳐도 네 눈 속에 나
나 눈 속에 너 친근하다
어린 소녀 까만 손 내밀고 원 달러
나는 소녀의 까만 손에 신을 구걸한다

동물이 사람이 되고
사람이 신이 되고
신이 동물이 되고
미래의 도시이다

갠지스강 일출
―인도 3

수평선이 바다 같다
수평선이 내 가슴속으로 들어온다
잠시 후 물과 불이 입맞춤하고 있다
긴 입맞춤 후 물은 불속으로
불은 물속으로 사라진다

가슴속 수평선에
환희가 꽃처럼 불타고 있다

갠지스강 유등
—인도 4

새벽 갠지스강
노 젓는 뱃머리
푸른 안개 양쪽으로 비킨다

마음에 등불 켜고
유등에 불붙여
강물에 띄운다

내 마음 흘러흘러
어디쯤서 다 비울 것인가

소

—인도 5

16

바라나시 한길에
선한 눈의 소가 어슬렁거리고 있다

전생에 부지런한 업으로
이승에서 사람 위에 소
팔자 편하게 대우받고 있다

이승에서의 선업으로
내세에는
무엇 위에 무엇으로 태어날 것인가

가트 화장장
―인도 6

17

갠지스 강물에 살아온만큼 죄 씻고
나룻배 타고 흔들흔들 길 떠나듯
영혼은 장작 연기와 함께 떠난다

자기 몸무게만큼 쌓은 장작
쌓은 장작만큼의 축복 속에
전신이 불타서

육신은 재가 되어 강물이 되고
영혼은 하늘에 오른다

빛의 축제
　―인도 7

갠지스강에 밤이 와 빛의 축제
신의 영혼을 부르는 노랫소리
갠지스강 가슴 밑바닥 저승의 소리

소리가 불꽃이 되어
이승의 모든 슬픔이 불꽃으로
이승의 모든 기쁨이 불꽃으로

타올라라 타올라라 불꽃
가장 가슴 벅찰 때 나오는 눈물은
이 불꽃의 빛깔

나마쓰떼*
—인도 8

붉은 옷을 걸쳤거나
흰 옷을 입었거나
만나면 두 손 모으고

당신의 신을 위해
나마쓰떼

오늘 한 나마쓰떼는
내일의 금잔화 빛깔이 되어
축복

*나마쓰떼 : 인도인의 인사말 안녕하세요.

그냥
—인도 9

손을 내미는
눈이 까만 바라나시 어린이에게 물었다
학교에 가지 않느냐
그냥 웃는다

내가 미소를 보냈다
그냥 웃는다

내가 지폐 하나 건넸다
그냥 웃는다

돌아서서 하늘을 보았다
그냥 파랗다

노인 소망
―인도 10

갠지스 강가
향나무 장작 세 켜 쌓아
육신을 불태워
윤회의 사슬 끊고
신이 되어
불타는 장작 앞에서
기도하는 후손 보기를

녹야원
—인도 11

천 년 가부좌한 채
참선하는 스투파*
바람도 순례자 되어
명상에 든다

*스투파 : 석가 최초의 설법 장소를 기념하기 위한 거대한 탑.

룸비니 동산
―인도 12

동산은 아득한 옛날이었다
마야부인 출산 후 몸 씻은 연못
마야부인을 지켜본 보리수나무
보리수 이파리 위에서 나부끼는
옛 바람 그때 그대로 쓸쓸히

나는 이 세상에 혼자다
알리는 아쇼카 돌기둥은
석가의 넋

돌기둥 앞에서 잠시 고개 숙이고
마음의 등불 하나 달아놓고
쓸쓸히 돌아선다

갠지스강
—인도 13

I

멈춘 듯 흐르고 있었다
신들이 새벽마다
해 뜨는 쪽을 향해 가부좌
어느 신은 강가에서
어느 신은 뜨거운 모래밭에서
그러다가 비 그치고 번개 치는 어느 날
무릎 탁 치며 깨달음
그 후 강물에 들어가 몸을 씻고
중생들 쪽으로 가부좌

II

멈춘 듯 흐르고 있다
윤회의 바퀴를 멈추고자 하는 꿈과
살아온 무게만큼 장작 쌓고
업보를 불태우고 남은 재와
그리고 모든 허섭스레기 끌어안고

III

멈춘 듯 흐르고 있을 것이다
아득한 훗날에도

기도하고 싶은 자의
'있는 것은 없는 것이며
없는 것은 있는 것'*을 깨달은 자의
꿈을 안고

* 반야바라밀다심경 : 色卽是空 空卽是色.

타지마할

—인도 14

슬픔이 아름다움이구나

에밀레 에밀레 어미 찾는 슬픈 소리 가장 아름다운 신라의 종
어찌할고 어찌할고 아내 잃은 왕의 슬픔이 이승의 가장 아름다
운 무덤으로 남아 슬픈 여운이 청사에 길이길이 경건하게 서서
무덤을 바라보고 있으면

아름다움이 슬픔이구나

카주라호
―인도 15

사원에 수천 쌍의 남녀가
알몸으로 요가를 하고 있다
꽃 위에 꽃이 핀 듯

연꽃 사원
—인도 16

28

황인 백인 흑인들이
연꽃 속으로 들어간다
기도 후 모두
한 빛깔 마음으로 나온다

시크리성
—인도 17

건물의 벽 유리창에는
이 세상 고운 빛깔 다 모아 붙였다

온갖 돌 보석 열매 빛깔
신도 감탄한 이 색깔은
꽃씨의 넋으로 있다가
세세년년
온갖 색깔의 꽃으로 살아난다

마하트마 간디의 화장터
―인도 18

생전에 물레를 자아 한 올 한 올
사람들의 올곧은 마음을 짜듯이
죽어서도 매일 불꽃으로 일어나
이승의 사람들을 위해 기도하고 있다

노숙인
—인도 19

바라나시 노숙인
길이 집이고 길이 생활터다
길에서는 신과 더 가깝다
갠지스강이 더 가깝다
바람처럼 자유롭다

늘 길에서 꿈을 꾼다
갠지스 강물에 죄업을 씻고
향나무 장작 세 켜 위에 몸을 뉘어
재가 되고 연기가 되기를

서울역 지하철 노숙인
지하에서 꿈을 꾼다
오늘은 씨방 속 사과 씨앗이나
내일은 햇빛 속
한 그루 사과나무이기를

아멜성 코끼리
─인도 20

아멜성은
저승에 가듯 걸어가지 못한다
느릿느릿 코끼리 타고 간다

코끼리 앞에 나비 한 마리 날아간다
어느 영혼이 나비가 되어
하늘하늘 가고 있는가

나도 이 다음에 하늘에 갈 때
다 잊어버리고
하늘하늘 가고 싶다

제2부 히말라야 해돋이

제2부 히말라야 해돋이

히말라야 해돋이

-네팔 1

찬바람 동이 트고 붉은 해가
히말라야 가슴속으로 들어갔다
붉은 꽃봉오리 된 히말라야가
내 가슴속으로 들어왔다

히말라야 들꽃의 꿈
—네팔 2

히말라야 바라보는 야생화
야생화 바라보는 나
따스한 봄날
히말라야 정상에 오르는 꿈
올랐다가 물이 되어
낮은 데로 낮은 데로

히말라야 빛깔
―네팔 3

히말라야는 신의 빛깔
순백의 옷을 입고 침묵
순백은
늘 가슴 두근거리게 한다

누구나 설산은 기도하며 오른다

네팔 아이들
—네팔 4

아침저녁 히말라야 보며 산다
아침이면 히말라야가 맨 먼저 일어나
바람소리 물소리 새들을 깨워
아이들을 깨운다

히말라야의 기에
아이들은 심지 곧고 선하다

저녁 산자락에 그림자 들면
히말라야 품에 잠이 든다

보드나트 탑돌이
—네팔 5

탑 상단 사방에
신의 눈이 그려져 있다

고향 뒷동산에서
연줄 끊겨 울던 어릴 적 친구
신이 되어 나를 보고 있는가

사랑하기 때문에 승이 되겠다고
절로 떠난 첫사랑
지금 신이 되어 나를 보고 있는가

오른쪽으로 백팔 번 돌면
신이 될 수 있을까
신이 되어 그들 보고 싶다

네팔 여자
—네팔 6

히말라야 다랭이 마을
유채꽃 같은 여인
전생에 어디서 본 얼굴
차창 밖에서 손 흔들고 있다
이승에서 한 번 스쳐가는 인연

페와 호수에 비친 히말라야
—네팔 7

40

아름다운 여인 페와 호수는
매일 아침 안개 걷히면
마차푸차레 봉우리 품에 안고
사랑을 한다

마니차*
—네팔 8

일명 원숭이 사원에서
길게 늘어선 청동으로 만든 마니차
손바닥으로 하나씩 차례로 돌린다

어린 날 어머니 손때 묻은 손잡이
맷돌을 돌리면 노란 콩이 하얀 콩물로
하얀 콩물이 두부로 요술 부리시던 어머니

어머니 요술로 우리는 장성했느니
나는 마니차를 백날 돌려도
요술 부리지 못합니다

* 마니차 : 경전을 써 넣은 회전 기도기.

제3부 카파도키아

카파도키아
—터키 1

천상의 기이한 동물들이
화석되어 있다
동물이 바위이고 바위가 산이다

신은 이 마을에
친근한 황토색으로 내려앉아
입 다물고 있다

나도 친근한 황토색이 되어
바위 동굴 속 교회 벽면에
성화 색깔이 되고 싶다

열기구
―터키 2

산수유 봄이 되면
줄기로 뜨겁게 물 길어 올려
가지 끝에서 드디어
노오란 꽃잎 열려
꽃이 처음 보는 이 세상
놀라와라

열기구 바구니에 뜨겁게 마음 싣고
둥실 하늘로 오른다
둥실 하늘에서 신이 되어
처음 내다보는 이 세상 카파도키아
놀라와라

비둘기 계곡
—터키 3

46

총알 맞은 듯
바위산 구멍 숭숭

사랑하는 이 떠나보내고
가슴 구멍 숭숭

바위 구멍 들락날락
비둘기알 품어
비둘기빛 평화

가슴 구멍 아물 때
신이 잠들다

지하도시 데린구유
―터키 4

느티나무 뿌리 뻗으면
살 수 있다

기독교 박해를 피해
아래로 아래로 지하 도시
살아 있는 이 살기 위해

교회는 햇빛 한 줄기
교실은 바람 한 자락
병원은 물 한 모금

아래로 뿌리 뻗어
위로 무성한 가지
후손의 후손을 위해

파묵칼레 야외 온천
—터키 5

48

야외 온천장에서
족욕을 한다

신의 시간이 물이 되어
하얗게 흐르고 있다

지난 시간은 하얗게
석회층이 되어 있었다

신의 넓은 미래에
종유석이 되어 관람객을
바라볼 것이다

안탈리아 해변
—터키 6

인류 이전에
신들이 모이던 곳

아시아의 바람과
유럽의 바람이 만나
여러 바다 빛깔을 낳는 곳

밤에는 지중해와 흑해가
물 밑에서 만나 몸을 섞는다

인류 이후에는
꿈이 모이는 곳

셀수스 도서관
—터키 7

50

우뚝하게 아름다움
기둥 위에 기둥
대리석 위에 대리석

이천 년이 지난 세 여인상
변하지 않는 색깔
변하지 않는 예술
변하지 않는 진리

변하지 않는
우리의 가슴에 새기는
신의 말씀

성 소피아 성당
―터키 8

탄생이다 부활이다
개암나무 감나무 수액이
한 몸 되어 더 밝은 감꽃으로
촛불 켜다

이슬람 교인의 순백 속에서
천 년을 곰삭은 금빛 소망으로
성모마리아의 재 탄생이다

그리스도교인의 비잔틴 색채 사랑으로
그리스도 천년 후 재 부활이다

누구나 성소피아 성당에 들어서면
두 손 모은다
누구나 나오면서 가슴속에
촛불 켠다

이스탄불 지하 저수지
—터키 9

깊은 뿌리에 내려가듯
내려가 으스스 깃을 털면
나는 보이지 않는다
신이 된다

저잣거리 기웃거리듯 하면
디오니소스 물 한 잔 건네며
지난 일은 잊고 살게나
박카스 내 손을 잡으면서
목마른 자에게 물을 주게나
어디서 들린다
그중에 제일은 사랑이지

으스스 깃을 털고
지하 저수지를 나오면
나는 방금 소나기 맞은
망고나무 잎처럼 싱싱하다

피에르롯티 언덕
—터키 10

바다가 육지 속까지 밀고 들어온
피에르롯티 언덕에서
터키 전통차를 마신다
매력적인 차향이 몸속까지

피에르롯티 언덕에서 바다를 바라보면
눈은 바다빛으로
몸은 차 향기로

소금 호수
—터키 11

54

이별 뒤에 눈물
눈물 뒤에 소금
이승의 이별은 여기 다 모여
눈 감지 못하고 반짝이고 있네

내세에 다시 만나
물속에 소금 녹듯
맺힌 한 다 풀어지기를

제4부 무아

중국 시안 병마용

짧은 생을 기쁘게 산 병사들
죽어서 이렇게 천 년을 산다

넓은 평원에 해바라기 정렬해 빛나듯
완전 살아서 눈이 반짝인다

지금 막 도수체조를 마치고 구령따라
고향 쪽으로 향해 어머니 하고 함성을

땅속에서 긴 내공을 쌓아
이 지상에 다시 탄생

병사의 기상을
눈으로 말하고 있다

중국 원가계

안개가 바위산 살리고
바위산이 소나무 살리고

안개 바위 소나무 하나된 풍경
내 가슴의 말을 죽인다

무아

전등사 새벽 풍경소리
추녀 받치고 있는 여인이
뒤뜰 솔향기 끌고 와
불상 앞에서 백팔배를 한다

없이 하여 주소서
미움도
소망도
영혼도

뜰앞 목어의 배속 허공처럼
고요하게 하소서

남해 보리암

소망 하나에 바위 하나 올리고
소망 둘에 바위 둘

사랑 하나에 천 년 흐르고
사랑 둘에 또 이천 년

폭포

산울음으로 태어나
답답한 마음 큰 소리 한 번
절벽으로 떨어진다

먼 삶의 길
골짜기 역경을 이야기하고
강물 슬픔을 울어 보지만
세월은 흐를 뿐이다

긴 여행 끝에 침잠
바다도 산도 침묵인 것을

병산서원 만대루

서원 앞 병산은
천 년 좌선

아침이면
낙동강 물소리로 독경

만대루는
가슴팍 통과한 바람으로 화답

둘 사이 나는
모래밭 위의 허공이다

참나무

가지 많은 나무
푸른 바람 매달고
청아한 새소리에
숲이 되는 꿈

여름 소나기
뿌리로 손잡고
뜨거운 사랑

이제
숯가마에 꿈처럼 포개져

가슴 까맣게 타서
참숯으로 이름 바꾸고
영혼은 연기처럼 하늘로
완전한 자유

수련

물 위 연꽃이
낮에는 꽃잎 활짝 열어놓고
밤에는 꽃잎 닫고 두 손 모으고 기도

물이 혼탁하다고 탓하지 않고
꽃대궁으로 맑은 정신 길어 올려
아침마다 고운 빛깔 내보인다

내 영혼은 열어논 꽃 속으로 들어가
맑은 빛깔이 된다

개 짖는 소리

여기는 강화도 온수리 개 사육장
온수리 개는 하늘을 나는 새떼에게는
짖지 않는다

이천십 년 서해 봄 바다
돌고래 한 마리 파도를 가르고 있는데
바다밑 어두운 곳에서 백상아리 출현
일순 돌고래 하복부를 공격받아 두 동강

이것을 놓고 어뢰의 공격이다 아니다
이에 육지의 개들이 기다 아니다
온통 개 짖는 소리

포세이돈은 알고 있다
천안함 마흔여섯 영혼은
서해 바다 영원한 수호신이 된 것을

짝사랑

여름에 호박씨앗 싹을 내밀어
하늘을 본다
잡초 무성한 곳 친구가 없다

담장 아래 박꽃이 눈부시다
박꽃 쪽으로 넝쿨 틀다
박꽃이 지붕으로 기어오른다
또 따라 올라간다

달빛이 유난히 밝은 어느 날
박꽃은 박이 되어
호박꽃은 호박이 되어
마주 보고 웃고 있다

자살골

월드컵 골은
신이 허락한다

축구선수 발등에 혼을 실어 차
날으는 골키퍼 지나
골망에 공이 꽂히면
분수처럼 용솟음치는 감격

니케*의 날개 모양
두 팔을 하늘로 뻗어 분출한다

2010년 남아공 월드컵
한국 대 아르헨티나전
전반 첫 골 자살골

전날 니케의 오수 때
상대방 선수로 착각하고 허락
골 넣고도 두 팔을
하늘로 뻗지 못했다

* 니케 : 그리스 승리의 여신.

빨래

청량산 자락 산골 마을
마당 빨랫줄에 빨래

몸은 벗어놓고
혼만 걸려 나부끼고 있다

몸과 함께 욕망은 가버리고
혼은 바람처럼 자유롭다

바지랑대에 앉은 고추잠자리
혼을 데리고 날아간다

민들레

꽃 지고
잎 지고
사랑도 가고

길에서
자신과의 싸움

혼이 여물어
바람타고 훌훌

지음 知音

69

청량산 골짜기
소나무 등걸 이끼 끼어 있다
물에 발 담근 바위 이끼 끼어 있다

소나무 바람으로 노래하면
바위는 물소리로 화음을 낸다

이끼는 이끼끼리 저음을 낸다

당간 지주

강릉 굴산사 터에 남근 둘 우뚝하다
젊은 날에 내가 더 크다
자랑도 했느니

낮이면
복사꽃 바람 놀다 가고
밤이면
배꽃 바람 놀다 가고

이제 영혼이 쉬고 있다

먼 훗날
깃발 날릴 날을
꿈꾸면서

그리스 포도주 주발

검은 주발에 그리움 한가득
새벽의 여신 에오스
젊은 남성 그리워 황토색 치장

도공은 흙이 그리워
흙은 열정의 불이 그리워
불은 물이 그리워
가마 안에서 뜨겁게 껴안는다

뜨거운 만큼 빛나는 주발
주발은 디오니소스를 그리워한다

고려흑자

도공의 혼과
흑의 혼과
흑유黑釉의 혼이
불의 묘수를 만나
검정빛을 빚다

검정 속 회색 무늬
소나무 그림자
매화 등걸
삼라만상

검정 속의 신의 빛깔
히말라야 설산이 빛나고 있다

제5부 거울

거울 1
—사랑

사랑의 신 에로스가
왼손에 거울을 들고 있다

거울 뚜껑 닫고
거울 속 자신의 얼굴
남에게 보여주지 않는다

누구보다 나를 사랑하는 나

이제 뚜껑 열고 나와서
남을 사랑하는 기쁨을

거울 2
—그리스 청동거울

많이 닦아야 보이는 거울

거짓말 한 번에
푸른 녹슬고
자신을 속이는 일에
녹 위에 또 녹슬고

양심을 많이 닦아야 보이는 거울

거울 3
―고려 황비창천(煌丕昌天)

하늘이 가지고 있는 거울
백두산 천지

밤이면 신의 눈동자
별이 와 반짝이고
낮에는 흰 구름 들어와
몸을 씻는다

구름아 이제 자신을 내려놓아라
비 되어 산야에 내려와
창성한 숲에 잠자거라

거울 속 하늘의 별 땅의 숲

거울 4
—고려 용나무 전각무늬 거울

전각무늬 거울을 걸어두고
신들이 목욕하고 있다
자기 나신의 아름다움에
깜짝 놀라는 아프로디테*

옷을 벗어놓고
거울을 보는 님프*
우윳빛 복숭아 젖가슴
산도 강도 나무도
눈을 감는다

이승의 모든 곡선의 미는
여신들의 몸매에서
비롯된 것이다

*아프로디테 : 그리스 신화 미의 여신.
*님프 : 그리스 신화의 요정.

거울 5
―어머니

시골 마당 감나무와 마주한
마루의 거울은
보아 왔다

젊은 날 새색시 박꽃 같은 얼굴
창포 머릿결 단정한 저고리
세월이 흐른 후
말년에 서리 앉았던 쪽진 머리

이제 대낮에는 구름 몇 조각 지나가고
비 오는 날에는 번개 몇 개 부딪치고 간다

가을 감이 익을 때면
저녁놀 같은 어머니 그리움

거울 6

―할머니

할머니 거울은 신의 창문
뒤뜰 장독대 정화수
새벽마다 두 손 비벼
조상님이 아들이 손주가
별의 신이 된
거울을 본다

거울 7
—신의 대화

80

담양의 하늘을 찌르는 대나무 신이
설악산 소나무를 찾아가
당신은 눈 속에서도 늘 푸르니
나의 거울입니다

설악산 소나무 신이 두 손 저으며
대나무 신에게
아닙니다 항시 곧게 자라는
그대가 나의 거울입니다

거울 8
—이별

동네 뒷골목 손거울 하나
박살나 있다

거울이 온전할 때
손거울 한 번 보고
그리움
손거울 한 번 보고
꿈을

이제 이별의 날벼락
박살이 나서
햇살을 산산조각내고 있다

거울 9
—이발관

82

충북 괴산 읍내 이발관에
큰 거울 하나 걸려 있다

거울은 알고 있다
환한 얼굴
아들 장가보내는 날
입꼬리 올라간 얼굴
어저께 송아지 탄생

달빛이 시리도록 밝은 날은
거울은 눈을 감는다

거울 10
―회상

내 살아온 거울은
연못이 되어 있다

그리운 이는 달이 되어
얼굴 한 번 비쳐 보고 가고

어릴 적 친구는 비가 되어
연못에 떨어져 물방울 만들고 있네

내 심금을 울린 이는 바람 되어
파문을 만들고 있다

제6부 마라도

외출

내 몸은 가을볕에 고추 널듯
널어놓고 영혼은 외출 중이다

영혼은 백두산 천지에 올라
바위로 좌선하고 있는가

설악산에 에델바이스로
바람 쐬고 있는가

늙을수록 품격 있는 소나무
솔이파리 빛깔 되고 지고

제주 올레길

함께 가는 길이다
바다 파도소리 한라산 바람소리
만나서 함께 걷고 있다

나와 또 다른 나와
함께 걷고 있다

제주 담팔수

사랑의 거리 서귀포
붉게 타는 저녁놀
삼나무에 잠자던 바람
배롱나무에 잠자던 바람
함께 손잡고 가면

담팔수 이파리 부끄러워
붉게 물든다

백일홍 같은 사람 만나
붉게 물들고 싶다

마라도

섬에 오르면
나는 몸으로 바다를 본다
온몸의 세포가 춤을 춘다
따라서 바다가 발레를 한다

녹차

청량산에서 신을 마신다

봄 햇살에 녹차향을 따서
새순 덖는다
새벽마다 기도
불의 신을 불러
덖고 비비고
비비고 덖고 수차례
차신이 탄생한다

아침을 여는
바위 틈 흐르는 물에
차를 끓여
차신을 마신다

배나무

바람이 분다
놓아주어라
놓아주어라
바람이 분다

집착을 버리고
배꽃을 허공에 놓아주니
꽃자리에 둥근달이 뜬다

울릉도 섬초롱꽃

떠나간 파도소리 기다린다
떠나간 꿀벌을 기다린다
약속대로
비바람 번갯불에
초롱불 밝히고 기다린다

매실

청춘일 때 신맛이더니
나이 들어 항아리에서 숙성되어
깊은 맛이 들었네

신의 연주 1
—개펄

바닷가 신새벽 신은 안개로 온다
와서 개펄을 연주한다
알레그로로 짱뚱어가 건반을 두드리면
망둥어가 따라서 뛰고
장다리 물떼새가 안단테로 날면
따라서 저어새가 품위 있게 난다
안개 뭍으로 움직이면
게가 옆으로 주르르 건반을 두드린다
아침이 오면 안개 뭍으로 물러나
행복한 연주 막을 내린다

신의 연주 2
—손주

나의 신이 손주 눈 속에 들어가
나를 본다

사랑을 알기 전에는
가슴에 흐르는 강물
서편제 소리로 흐르는
사랑을 안 후에는
동편제 소리로 흐르는
완전한 사랑의 노래는
눈빛으로 연주한다

신의 연주 3

―서귀포 바다

바다의 신은
색깔로 연주한다
그리움을 노래한다

그리운 사람을
그리워하는 에머랄드
훗날에도 그리워할 코발트

바다 빛깔은 그리움이다

신의 연주 4
―히말라야

일출의 햇살이 봉우리에 닿으면
쨍하고 높은음자리표에 소리나
봉우리는 붉게 꽃 핀다

에베레스트에서
안나푸르나까지 안단테로
그 아래로는 알레그로로
차례로 꽃 핀다

꽃 피는 것 보고 있으면
가슴이 뜨겁다

신과 인간의 만남, 그리고 정제된 시적 자아

류재엽
(문학평론가)

1

시집 『갠지스강』은 하덕조 시인의 세 번째 시집이다. 1991년
에 첫 시집 『만남』을 상재했고, 2007년에 두 번째 시집 『바람이
말하는 소리』를 펴냈고, 금년에 『갠지스강』을 출판하였으니 그
간격이 뜸하다. 양적인 면에서 본다면 어지간히 과작인 셈이
다. 1973년 『한국일보』 신춘문예에 시 〈회생〉이 당선된 것은
시인의 나이 서른셋이었다. 늦깎이 등단이긴 하지만 시력 38년
에 세 권의 시집을 낸 것으로 미루어, 어찌 보면 그의 성정이 게
으른 게 아닐까 오해하기 쉽다.

그러나 작품이 수적으로 적다고 해서 시인은 시작을 게을리
하거나 등한히 한 것은 결코 아니다. 그것은 시인이 세 권의 시
집을 통하여 끊임없이 자기 변모와 시적 변용을 꾀하고 있다는
사실을 우리에게 보여주고 있기 때문이다. 그것은 문학의 진정
성 추구와 함께 시의 생명성을 모색하기 위한 시인의 노력에서

비롯된 것임을 알 수 있다. 그의 작품을 관통하는 것은 자연과 친화하기 위한 시도이다. 자연은 곧 생명이다. 그의 등단 작품을 살펴보자.

우주가 내 안에 있고
내가 하나의 모래알 속에
있다
동그라미 모래알 속에서 새로이 눈을 뜬다

유년의 겨울 눈밭에
아이들은 바람같이 나부끼고
햇발이 미끄럼을 타고 있었다
햇발처럼
산등성이에 새끼노루 한 마리
아이들은 불꽃이 되어
하나의 표적으로 쏠리고
화살처럼 날으는 환호성에
노루는 연못에 빠져
연못이 되고 있었다
가라앉고 있었다
동심을 송두리째 안고
바람에 꽃잎 지듯이
가라앉고 있었다
차라리 그때 나는 한 마리 노루이고 싶었던가
이십 년의 문을 열고
도시인이 되어
꿈속에서도 깨어나

한 그루 미루나무가 되어 난
종로 네거리에 서 있었다
그때 입술을 적실 이슬은 내리지 않고
갖가지 문명의 톱날바람이
가지를 잘라 갔다
뿌리채 뽑아 달아났다
그때 나는 청보리나 보듬고 사는 흙이고 싶었던 것을
―〈회생〉 일부

내 안에는 우주가 들어 있는가 하면 모래알도 들어 있다. 시인의 가슴에는 거대한 존재와 더불어 미세한 존재가 한꺼번에 담겨 있는 것이다. 유년의 동심이나 청노루 새끼는 자라나서 또 다른 생명을 잉태하는 존재이다. 그런데 동심을 안고 있는 청노루 새끼는 화살의 희생물이 되어 연못 속으로 가라앉고 만다. 그런가 하면 시인은 자신을 '한 그루 미루나무가 되어 난/종로 네거리에 서 있었다' 고 고백하며 '갖가지 문명의 톱날바람이/가지를 잘라 갔다' 라고 인간과 도시문명에 의한 자연과 인간세계의 파괴를 읊고 있다. 시인의 눈을 통해 문명세계의 파괴성을 더 치밀하게 형상화시킨 작품이 아닐 수 없다. 이에 시인은 '청보리나 보듬고 사는 흙' 이 되고 싶다고 토로한다. 그 안에는 우주와 모래알이 모두 들어 있는 생명을 키워내는 흙이 되고 싶은 것이야말로 바로 시인의 책무이기 때문이다. 하덕조의 자연은 더 이상 음풍농월吟風弄月의 자연이 아니다. 시인과 자연과의 일체이다. 그가 자연 속으로 걸어 들어가고, 그만큼 자연이 그에게 다가온다.

다음은 그의 첫 번째 시집 『만남』에 게재된 작품이다.

교정의 라일락꽃은 아이들처럼
멀리 떠나는 꿈을 꾸며 산다
스승은 꽃나무 뿌리

이십 년 만에 제자가 스승을 찾아와
꽃나무 가지 휘듯이 절을 한다
눈빛만 보아도 속마음 아는 사이
스승의 흰 머리카락 보고 이슬 맺힌다
제자의 이슬 속에 걸어온 길 보인다

옛날 스승이 건네준 꿈의 이파리
살아오면서 비바람에 색깔이 시들 때
선생님이 심어준 정신의 향기가
늘 소생케 했다
라일락꽃 질 때 떨어져 나온 꽃향기가
꽃나무 곁에서 떠나지 않다가
비 오는 날 빗물과 함께
뿌리로 들어간다
　　　　　―〈뿌리 찾기〉 전문

　시인은 오랫동안 고교와 대학에서 교편을 잡았다. 졸업 후에 가끔 찾아오는 제자를 대하면서 느낀 감회를 읊었으리라. 제자는 '꽃나무' 이고 스승은 '꽃나무 뿌리' 이다. 스승은 '꿈의 이파리' 를 제자에게 건네주었고, 살아오면서 '꿈' 이 시들 때 '정

신적 향기' 가 늘 제자를 소생케 했다. 시인에게 사제지간은 늘
자연의 질서처럼 느껴졌던 것이다. '뿌리' 가 있으면 언제나 꽃
나무는 피어나고, 꽃의 향기는 다시 '뿌리' 를 찾게 마련이다.

2
　다음은 그의 첫 번째 시집 『만남』과 두 번째 시집 『바람이 말
하는 소리』에 공통으로 수록된 작품이다.

그대는 꽃이 되기 위하여
나는 물이 되기 위하여

그대는 물을 만나기 위하여
나는 꽃을 만나기 위하여

그대는 전생에 풀이었다가
나는 전생에 구름이었다가

그대는 이승에 꿈으로 내려와
나는 이승에 은하(銀河)로 내려와

긴 겨울을 참고
긴 여름을 참고

그대는 나의 꽃이 되었다
나는 그대의 물이 되었다

꽃이 되어 물 속에 천년
물이 되어 꽃 속에 또 천년
　─〈만남〉 전문

물과 꽃의 만남을 이야기하고 있다. 전생에 '풀' 이었던 그대를 '꽃' 으로 피우기 위해 전생에 '구름' 이었던 나는 '물' 이 된다. 이렇게 두 존재가 만나 '꽃이 되어 물 속에 천 년/물이 되어 꽃 속에 또 천년' 이 지나도록 어우러지게 된다. 물과 꽃의 교감이 비로소 영원성을 지니게 된다. 존재한다는 것은 혼자의 의미가 아니다. 무언가와 관계를 맺을 때 그 가치를 지니게 된다. 그것이 너와 나, 또는 인간과 자연 그 어느 경우라도 가능하다. 그리고 나서야 관계는 시적 이미지로 합당한 변용을 이루게 마련이다.

시인은 3년여의 시간을 청량산이라는 공간에서 살았다. 청량산은 어디인가. 우리나라의 오지 가운데 하나이다. 몇 년 전 관광지로 각광받기 전까지만 해도 전기도 들어오지 않던 곳이었다. 앞을 보아도 산이요, 뒤와 옆을 보아도 산이고, 계곡 사이로는 맑은 시냇물이 흘렀다. 자동차 길이 아직도 없던 그곳은 말 그대로 둘러보면 자연만이 존재하는 곳이었다. 그곳에서 시인은 자연과 대화했다. 대화 상대가 자연박에는 없었기 때문이다. 자연이 나였고 내가 자연이었다. 그래서 시인은 '나무의 영혼과 합방하여//가지마다 흔들리고 있다' (〈청량산 가을바람〉) 라고 자연과 하나 된 자신을 노래했다. 시집 『바람이 말하는 소리』의 제1부 '한라산 바람이 말하는 소리' 에 수록된 61편의 작품은 모두 2행 2련시이다. 그 가운데 몇 편을 제외하고는 자연과의 진정한 화해를 위한 몸짓 언어들이다. 그러나 자연과의 합일, 화해의 몸짓은 자아를 찾기 위한 작업으로 이어진다.

인생, 나를 찾는 일
바람처럼
나는 어디에도 보이지 않는다

걸어온 발자국의 죄업으로
고개 들지 못하는
나는 한 마리 축생

어디에 헤매는가
산등성이로 골짜기로

인연의 끈으로 끌어
마음 비우고 길들이기
나를 사랑하는 일

나와 내가 하나 되어
피리소리 산울음으로

내가 나를 찾아
내 안에 들어갔을 때
나는 어디에도 없었다
　―〈신륵사 심우도〉 전문

　시인이 자연으로 들어가고, 자연을 불러 시를 육화시키는 작
업은 마침내 자연이 무엇이고 인간이 무엇인가를 문답하는 단
계로 이어진다.

3

이번에 하덕조 시인은 인도와 네팔, 터키, 중국 등지를 여행하고 돌아왔다. 그 가운데 인도를 소재로 한 작품이 20편으로 가장 많다. 그래서 시집 제목을 『갠지스강』이라고 했고, 그곳에서 만난 많은 사람과 자연을 노래하면서 부제를 '신과 인간'이라고 붙였다. 인도는 수많은 인간과 신들이 존재하는 땅이다. 그래서 시인은 시집 권두 '시인의 말'에서 '바라나시는 과거의 도시이다/미래의 도시이다/신의 도시이다/갠지스강은 삶의 어머니이다/죽음의 어머니이다'라고 말하였다. 이는 인도 도처에서 만난 인간과 신의 모습, 삶과 죽음의 형태, 그리고 그 영속성에 대한 탐구를 의미한다.

아득한 옛날에 내가 와 있다
동물과 사람과 신이 함께 살고 있다
꼬부랑 마을길 소똥내가 친근하다
살아 있는 모든 것
길 가다 마주쳐도 네 눈 속에 나
나 눈 속에 너 친근하다
어린 소녀 까만 손 내밀고 원 달러
나는 소녀의 까만 손에 신을 구걸한다

동물이 사람이 되고
사람이 신이 되고
신이 동물이 되고
미래의 도시이다
　　―〈바라나시〉 전문

신은 종교적 개념이다. 비록 철학이나 윤리학에서 신을 다룬다 하여도 그 내용은 종교적인 것을 전제로 한다. 원시불교에서는 불佛을 논하고 있어 신을 대상이나 목적으로 삼지 않는다. 신의 개념은 아무리 종교적인 차이가 있다 하더라도 신은 초감각적 존재로서 인간 이상의 힘을 가진다. 감각적인 현실성을 초월해 있다는 것은 영적인 실재라는 뜻을 강조하며, 섭리와 구원의 뜻까지 포함한 전능자全能者라는 내용을 의미한다.

원시사회의 신은 대개 신화적 성격과 다신교多神敎의 형태를 지니게 마련이다. 타일러E. B. Tylor의 애니미즘animism에 의하면 인간은 꿈이나 죽음, 환각幻覺 같은 현상을 통하여 생명의 원리나 제2의 자아에 이르게 되고, 육체에 대한 영혼 등을 그려 보게 된다. 이러한 영혼은 인간에게만 있는 것이 아니라 만물은 제각기의 정령精靈을 가지고 있으며, 저마다의 신격을 소유하고 있다. 이집트의 태양신, 바빌론의 천天, 지地, 수水의 3신 등이 그 좋은 예이며, 고대인들은 해, 달, 별, 바람, 비, 산, 바다, 식물, 동물들마저 신격을 가지고 있다고 보아 신앙의 대상으로 삼았다. 이러한 다신교는 훗날 일신교一神敎로 변화를 가져오게 된다. 그런 이유에서 시인은 '동물이 사람이 되고/사람이 신이 되고' 하는 사실을 깨닫게 된다. 동물이 곧 신이다. 이어서 시인은 바라나시 한길에서 어슬렁거리는 소를 향해 '이승에서의 선업으로/내세에는/무엇 위에 무엇으로 태어날 것인가' (〈소〉) 하고 되묻지 않을 수 없다.

시인은 인도 도처에서 죽음을 만난다.

갠지스 강물에 살아온만큼 죄 씻고

나룻배 타고 흔들흔들 길 떠나듯
영혼은 장작 연기와 함께 떠난다

자기 몸무게만큼 쌓은 장작
쌓은 장작만큼의 축복 속에
전신이 불타서

육신은 재가 되어 강물이 되고
영혼은 하늘에 오른다
　　　―〈가트 화장장〉 전문

그가 만난 죽음은 축복이었다. 죽음은 죄를 씻는 길이요, 영
혼은 하늘로 오르기 때문이다. 그것은 화장장의 불꽃이 '이승
의 모든 슬픔이 불꽃으로/이승의 모든 슬픔이 불꽃으로' (〈빛의
축제〉) 인식되기 때문이다. 노인들은 죽은 다음 '육신을 불태
워/윤회의 사슬 끊고/신이 되어/불타는 장작 앞에서/기도하는
후손 보기를' (〈노인 소망〉) 기도한다. 인간은 신의 대립 개념
이다. 당초 시인은 인간을 우주의 중심으로 보았다. 인간은 항
상 자신을 탐구하는 존재였다. 그러나 종교적인 차원에서의 인
간은 신앙에 의하지 않고서는 그 존재적 가치를 지닐 수 없다고
본다. 인간이 선업을 쌓고 간절하게 소망할 때 법륜의 바퀴가
굴러 비로소 신이 될 수 있는 것이다.

4

네팔에서 시인이 만난 것은 설산雪山과 꽃과 신이었다. 산이
꽃이었고, 산이 눈이었고, 산이 신이었다.

찬바람 동이 트고 붉은 해가
히말라야 가슴속으로 들어갔다
붉은 꽃봉오리 된 히말라야가
내 가슴속으로 들어왔다
　　―〈히말라야 해돋이〉 전문

시인이 히말라야에 간 것은 몸만 간 것이 아니라 자연과 완벽
한 일체감을 이루기 위해 자신의 의식을 정화시키고 모든 문명
의 찌꺼기를 떨치려는 노력의 일환이다. 자신의 육신과 정신세
계에 새로이 자연이란 존재를 받아들이기 위한 것이다. 그 자연
은 바람과 물과 꽃과 눈을 감싼 채 우뚝 시인의 앞에 다가오고
선다. 그래서 시인은 '히말라야 정상에 오르는 꿈'을 간직하고
'낮은 데로 낮은 데로'(〈히말라야 들꽃의 꿈〉) 물이 되어 흐르
기를 기원한다. 노자老子가 말한 상선약수上善若水의 경지이다.
　그곳에는 설산을 닮은 아이들이 산다.

아침저녁 히말라야 보며 산다
아침이면 히말라야가 맨 먼저 일어나
바람소리 물소리 새들을 깨워
아이들을 깨운다

히말라야의 기에
아이들은 심지 곧고 선하다

저녁 산자락에 그림자 들면
히말라야 품에 잠이 든다
　　―〈네팔 아이들〉 전문

자연의 소리인 '바람소리 물소리 새' 들이 깨우는 건 네팔 아이들만 아니다. 네팔 여자들도 자연을 닮았다. '히말라야 다랭이 마을/유채꽃 같은 여인'(〈네팔 여자〉)이 네팔 여자들이다. 그런 네팔 아이들과 네팔 여자들이 '마니차' 를 돌리며 간절히 기도한다. 다만 어머니는 맷돌을 돌려 콩물을 만들 수 있지만 나는 아직 그렇지 못하다.

일명 원숭이 사원에서
길게 늘어선 청동으로 만든 마니차
손바닥으로 하나씩 차례로 돌린다

어린 날 어머니 손때 묻은 손잡이
맷돌을 돌리면 노란 콩이 하얀 콩물로
하얀 콩물이 두부로 요술 부리시던 어머니

어머니 요술로 우리는 장성했느니
나는 마니차를 백날 돌려도
요술 부리지 못합니다
　　―〈마니차〉 전문

　네팔은 아직도 원시와 순수함이 남아 있는 곳이다. 원시상태야말로 가장 아름답고 정갈하다. 그곳에선 '아름다운 여인 페와 호수' 는 '마차푸차레 봉우리'(〈페와 호수에 비친 히말라야〉)를 품에 안고 사랑을 한다. 사랑은 나라는 주체를 통해 이루어진다. 호수가 내 가슴속에 들어오고, 봉우리가 내 가슴속에 들어올 때 비로소 자연끼리의 교환交驩이 가능하기 때문이다.

시인이 네팔에서 만난 것은 단순히 거대한 산만이 아니다. 산의 크기와 이국적인 여인이 문제가 아니다. 새삼스레 찾은 그곳에서도 시인은 자연 속에서 정화된 정서를 찾고 자신과 일체된 자연을 만날 수 있었다.

신은 네팔뿐만 아니라 터키에도 있었다. 신은 카파도키아 마을에 '친근한 황토색으로 내려앉아' 있었고, 성 소피아 성당이나 셀수스 도서관, 이스탄불 지하 저수지에도 있었다.

우뚝하게 아름다움
기둥 위에 기둥
대리석 위에 대리석

이천 년이 지난 세 여인상
변하지 않는 색깔
변하지 않는 예술
변하지 않는 진리
―〈셀수스 도서관〉 일부

신은 '변하지 않는 색깔/변하지 않는 예술/변하지 않는 진리'를 지닌 존재이다. 신을 찾는 이는 '누구나 나오면서 가슴속에/촛불 켠다'(〈성 소피아 성당〉). 시인은 인도와 네팔, 터키 등을 여행하면서 자연과 그 너머에 존재하는 신을 만나고 돌아왔다. 신을 만나고 돌아서는 이별은 눈물겹다. 그래서 '이별 뒤에 눈물/눈물 뒤에 소금/이승의 이별은 여기 다 모여/눈 감지 못하고 반짝이고 있네'(〈소금 호수〉)라고 속내를 토로한다.

5

하덕조의 작품은 풍광을 제재로 한다. 그렇다고 단순한 기행시는 아니다. 순례자의 자세로 자연을 대하고 있다. 그건 자연이 곧 신이기 때문이다. 자연의 아름다움을 노래하는 데 그치는 것이 아니라 오체투지五體投地하듯 모든 것을 던져 자연의 품속에 뛰어든다.

소망 하나에 바위 하나 올리고
소망 둘에 바위 둘

사랑 하나에 천 년 흐르고
사랑 둘에 또 이천 년
　―〈남해 보리암〉 전문

보리암은 신라 때 보조국사가 세운 암자로 남해의 금산 정상에 위치하고 있다. 정상 근처에 대장봉이 있고, 오른쪽에 화엄봉과 일월봉, 왼쪽에 삼불암이 늘어서 있으며 건너에 거대한 상사바위가 보인다. 임진왜란 당시 큰 공을 세웠으나 간신의 모함을 받아 29세의 젊은 나이에 숨을 거둔 김덕령金德齡 장군의 부인이 왜적에 쫓겨 암자 아래 절벽으로 뛰어내렸다는 눈물겨운 얘기가 전한다.

시인은 여기에서 천 년을 지나고, 이천 년을 지나도 변치 않을 사랑을 보았다. 현재를 사는 시인도 사랑을 소망하듯 이곳에 서서 마음의 돌을 쌓는다. 천 년을 지나도, 이천 년을 지나도 변하지 않는 소망의 바위를 이루기 위해서이다. 그 소망은 마치

'영혼은 연기처럼 하늘로' 올라가버린 '완전한 자유'(〈참나무〉)
와 동의어고 그 사랑은 '박꽃은 박이 되어/호박꽃은 호박이 되
어/마주 보고 웃고'(〈짝사랑〉) 있는 것처럼 느껴진다. 그러나
'꽃 지면/잎 지고/사랑도 가고'(〈민들레〉) 만다.

시인은 이번 시집에 〈거울〉이란 제목의 작품을 10편이나 싣
고 있다. 거울에 비친 물체는 좌우가 서로 바뀌어 있다. 거울은
우리의 감정이입의 대상물이 될 수도 있다. 내가 웃으면 거울
속의 나도 웃고, 내가 울면 거울 속의 나도 같이 울어준다. 감정
이입이란 대상에 화자의 감정이 투사되어 화자의 정서를 대변
하는 표현이 나타나는 것이다. 그런가 하면 거울은 단절의 이미
지를 갖기도 한다.

다음 작품은 이 두 가지의 이미지를 형상화했다. 거울의 뚜껑
을 닫으면 거울은 거울로서의 기능을 잃는다.

거울 뚜껑 닫고
거울 속 자신의 얼굴
남에게 보여주지 않는다

누구보다 나를 사랑하는 나

이제 뚜껑 열고 나와서
남을 사랑하는 기쁨을
　　　　　　　─「거울 1」 일부

시인은 대체로 〈거울〉 연작을 통해 자아와 피자아의 감정 소
통을 말하고 있다. 거울은 '양심을 많이 닦아야 보이는' 것이고

(〈거울 2〉), '조상님이 아들이 손주가/별의 신이 된'(〈거울 6〉) 존재이기도 하다. 시인이 〈거울〉 연작을 통해 우리에게 들려주고 싶은 메시지는 자연의 아름다움과 거울의 소통이라고 말한다. 거울은 '백두산 천지'(〈거울 3〉)이면서 '감나무와 마주한'(〈거울 5〉) 것이며, '담양의 하늘을 찌르는 대나무 신'(〈거울 7〉)이거나 '연못'(〈거울 10〉)이기 때문이다.

산울음으로 태어나
답답한 마음 큰소리 한 번
절벽으로 떨어진다

먼 삶의 길
골짜기 역경을 이야기하고
강물 슬픔을 울어 보지만
세월은 흐를 뿐이다

긴 여행 끝에 침잠
바다도 산도 침묵인 것을
　　　　　　　─〈폭포〉 전문

하덕조 시인의 구도와 순례는 이제 끝났다. 삶은 '답답' 하였고, '역경' 과 '슬픔' 의 세월이었다. 그 가운데 시인은 침잠할 수밖에 없다. 왜냐하면 바다와 산이 그러했으니까. 여기서 시인은 철저하게 자연을 닮은 삶을 살고자 하는 태도가 엿보인다. 술잔을 들어 산 한 잔, 바다 한 잔, 그리고 나도 한 잔─석 잔의 술을 마시는 이는 시인 혼자였다. 시인이 곧 산이요 바다이기

때문이다. 그건 '소나무 바람으로 노래하면/바위는 물소리로
화음을 낸다' (〈지음〉)처럼 자연과의 완전한 합일에서 나온 삶
의 태도이다.

　　서원 앞 병산은
　　천 년 좌선

　　아침이면
　　낙동강 물소리로 독경

　　만대루는
　　가슴팍 통과한 바람으로 화답

　　둘 사이 나는
　　모래밭 위의 허공이다
　　―〈병산서원 만대루〉 전문

　시인은 마침내 낙동강 물소리에 만대루에 부는 바람소리로
화답하는 것처럼 자연과 합일된 몸과 마음으로 살고자 한다. 그
가운데 나의 존재는 '모래밭 위의 허공' 이다. 허공은 글자 그대
로 '텅 빈' 것이지만 그 안에는 무엇이든 담을 수 있다. 시인은
그렇게 살고 싶어 한다. 자연에 대한 관조의 태도이다.

　하덕조 시인의 작품은 당초부터 수다스럽지 않다. 그런데 세
월이 흐를수록 시인은 언어를 아낀다. 시적 표현은 오히려 구구
절절할 필요가 없다. 자연과 교감하는 관조의 세계 역시 수다스

러울 이유가 없다. 다만 고요에 잠기면 된다. 언어의 절제는 철저하게 축약된 표현으로 나타난다. 두 번째 시집에 실린 작품들이 거의 2행시였던 것처럼 이번 세 번째 시집에 실린 많은 작품들도 길이가 매우 짧다. 이처럼 시인의 시가 자꾸 짧아지는 이유는 무엇일까. 그건 그만큼 시의 정제미를 드러내기 위한 장치이고 자신의 내부를 응시하고자 하는 시인의 시적 자아에서 비롯된다. 이번 시집에는 그런 시인의 시적 자아와 자연 친화적 태도가 한층 도드라져 보인다.